AF252604

# LE TEMPLE DE LA PARESSE.

A PARIS,
De l'Imprimerie d'EDME MARTIN, ruë Sainct
Iacques au Soleil d'Or.

M. DC. LXV.
AVEC PRIVILEGE DV ROY.

# LE
# TEMPLE
## DE LA
## PARESSE.

*A MADAME DE ****.*

E ne sçaurois plus me deffendre de faire des Vers pour vous, puisque vous me l'ordonnez : mais je vous advertis de bonne foy, Madame, que ce n'est pas la maniere de s'expliquer la plus sincere, quoy que ce puisse estre quelquefois la plus agreable. La Prose seule semble estre le langage du cœur, & la Poësie celuy de l'esprit. On déguise d'ordinaire ce qu'on ajuste avec tant de soin ; & les personnes qui font connoistre leur passion avec cét esclat, ou celles qui demandent

A

des preuves d'affection de cette nature, penſent plus à leur gloire qu'à leur amour.

*Que je crains, aimable Inhumaine,*
*Que vous connoiſſiez peu cette agreable peine*
*Qui fait le plaiſir d'vn amant :*
*Vn cœur dans les tranſports d'vne amoureuſe atteinte,*
*Preſſé d'exprimer ſon tourment,*
*Du langage des Dieux fuit la dure contreinte,*
*Et meurt s'il differe vn moment.*

Mais n'importe, MADAME, il ne m'eſt pas poſſible de laiſſer paſſer la moindre occaſion de vous plaire, il faut tousjours vous obeïr. Cependant pour ne renoncer pas tout-à-fait à mes droits d'oiſiveté, ni à la pareſſe dont vous m'accuſez, & dont je vous louë : je vous declare que comme de nos jours on a bien entrepris de baſtir vn Temple à la Mort, j'en ay avec la meſme autorité eſlevé vn à la Pareſſe ; & que je pretends en repreſentant fidelement en ce lieu la Divinité qu'on y revere, vous y dépeindre ſi naïvement que vous vous y reconnoiſſiez vous-meſme, afin que vous ne puiſſiez à l'avenir m'accuſer d'obeïr qu'à vous, quand il ſemblera que je ne feray rien que pour elle.

*Dans vn climat heureux où la Nature eſtale*
*De ſes riches threſors la beauté ſans eſgale,*
*Sous vn Ciel tousjours pur, agreable & ſerein,*
*Eſt vn paiſible lieu dont le fertile ſein*

*Chargé de tous les biens que produit la Nature,*
*Y fait naiſtre les fleurs & les fruits ſans culture :*
*Les offre ſans travail, & les expoſe à tous*
*Pour fournir aux mortels ce qu'il a de plus doux ;*
*Il oſte juſqu'aux ſoins que donne l'eſperance,*
*Et les comble en tout temps d'vne heureuſe abondance :*
*L'air à peine eſt eſmeû par les jeunes Zephirs ;*
*Ils gardent pour ces lieux leurs plus tendres ſouſpirs,*
*Qui des ſombres foreſts animant le feüillage,*
*Sur vn tapis de fleurs ſemblent peindre l'ombrage,*
*Dont les voiles eſpais percez des traits du jour,*
*Font voir ſur le gazon mille chiffres d'amour :*
*Le Mirthe & le Iaſmin de leurs branches fleuries,*
*Oppoſent leur eſmail à l'eſmail des prairies :*
*Là d'vn cours incertain les tranquilles ruiſſeaux,*
*Roulent ſans murmurer le cryſtal de leurs eaux :*
*L'amour dans ces beaux lieux adoucit toutes choſes,*
*Foule aux pieds les Soucis & deſarme les Rozes :*
*On y vit ſans chagrin bien qu'on ſoit amoureux,*
*Et l'on n'y voit jamais que des Amans heureux.*

C'eſt en cét aimable lieu où j'ay eſlevé mes Au-
tels : mais comme la Pareſſe ne conſeilla jamais
de faire les choſes qu'avec negligence & avec
facilité, je paſſeray des Vers à la Proſe quand il
me ſera le plus commode de m'expliquer ; ainſi je
ne feray point meſme d'effort pour en rendre mes
Vers plus doux, leurs rimes plus riches, ni ma
Proſe plus polie. Pour vous, MADAME, de vo-
ſtre coſté donnez-vous bien de garde de douter
vn moment de tout ce que je vous en diray.

*Il faut vous en fier à moy,*
*Croyez tout cecy veritable ;*
*Ie vous le donne enfin comme article de fable,*
*En matiere de Vers, c'eſt article de Foy.*

NE craignez point que je m'aille embaraſſer dans vne grande deſcription de mon ouvrage ; que je vous entretienne trop longtemps d'architecture ; ni que je vous en parle auſſi magnifiquement qu'on pourroit faire

*Du ſuperbe Palais du plus grand Roy du monde,*
*Dont la ſtructure ſans ſeconde,*
*Que le temps ne pourra ternir,*
*Fera par ſa Pompe connoiſtre*
*Le plus fameux des Rois que la France ait veû naiſtre*
*A tous les Siecles avenir.*

Ie n'ay pourtant pû m'empeſcher de faire les murailles de ce Temple de Marbre blanc, relevées au dehors par des bas reliefs, où ſont repreſentées entre des colomnes de Iaſpe, les figures de pluſieurs perſonnes, dont la plus grande partie ſont couchées ſur des licts de gazon, ou ſur des fleurs. Quelques-vnes paroiſſent endormies, les autres ſemblent s'eſveiller : leurs habits ſont faits de marbre de toutes les couleurs. Que ſi vous trouvez que j'aye employé vne trop riche matiere, ne vous imaginez pas que je m'en ſois beaucoup tourmenté ; j'ay pris la premiere qui s'eſt preſentée à mon imagination, &

j'ay eu auſſi peu de peine & auſſitoſt fait avec le
Porphyre qu'avec la pierre ordinaire. Souvenez-
vous de plus,

> *Qu'on ne ſçait à quoy l'on s'engage,*
> *Quand on entreprend de baſtir :*
> *Lors qu'on a commencé l'on en veut bien ſortir ;*
> *Et quiconque entreprend vn magnifique ouvrage,*
> *Ne doit rien eſpargner de rare ni de grand.*
> *Pour moy quand je traçay ce fameux baſtiment,*
> *Apollon me promit d'en faire la dépenſe :*
> *Ainſi je ne creus point qu'il fuſt de conſequence*
> *De baſtir trop pompeuſement*
> *Sur ce ſolide fondement.*

En vn mot toutes les pierres s'y ſont aſſemblées
au ſon de la Lyre, comme elles firent autrefois,
& je pourrois bien encore vous entretenir d'vne
Architrave, d'vne Friſe, & d'vne Corniche, qui
ne m'ont pas plus couſté que tout le reſte, & qui
regnent ſur tout l'ouvrage : mais je ne vous en
diray pas vn ſeul mot.  Car aſſeurément

> *Quand des termes de l'art vn peu trop l'on s'entrave,*
> *Sans ſçavoir pourquoy ni comment,*
> *Entre la Friſe, & l'Architrave,*
> *Le Lecteur fatigué laiſſe le baſtiment.*

Ie vous aſſeure au moins que j'ay veû tomber de
cette ſorte pluſieurs edifices des plus magnifi-
ques du monde. Pour éviter donc que le mien
ne coure cette fortune, je ne vous entretiendray

pas davantage de ce qu'on y voit au dehors; Ie vous diray feulement l'infcription qui eft gravée fur fon frontifpice;

> *Venez aimables Pareffeufes,*
> *Dans vos plus negligez & plus charmans atours,*
> *Icy tranquilement on refve à fes amours,*
> *Des plus parfaits Amants les troupes amoureufes*
> *Arrivent icy tous les jours.*

Ne vous imaginez point, MADAME, qu'il y ait perfonne pour en garder les portes ; l'Oifiveté qui eft à l'entrée, eft douce & facile à tout le monde. Pour l'Amour il n'a garde de s'en méler, luy à qui cette Divinité fut de tout temps fi favorable.

> *Ce Dieu le plus aimable & le plus craint de tous,*
> *Dont les inévitables coups*
> *Ont l'art de nous bleffer & celuy de nous plaire,*
> *Luy qui fçait à nos maux mefler vn fi grand bien :*
> *L'amour fera tousjours la pretieufe affaire*
> *De tous ceux qui ne feront rien.*

En entrant on voit à main droite le Tableau d'vn païfage agreable où paroiffent diverfes perfonnes, quelques-vnes les bras croifez affifes aupres d'vne fontaine, les autres appuyées negligemment contre des arbres. Leur douce melancolie femble leur avoir fait oublier toutes les chofes du monde, & par ces Vers qui font au bas

du Tableau , elles semblent expliquer ainsi leurs
sentimens.

> Charmant oubly des chagrins de la vie ,
> Agreable repos dont vne Ame est ravie ,
> Doucès heures d'oisiveté ,
> Momens plus pretieux que tous ceux qu'on employe ,
> Dont l'heureuse tranquilité
> Sçait porter dans nos cœurs vne parfaite joye :
> Que le peuple charmé d'vn vain empressement ,
> Gloze , vous blafme , ou qu'il en gronde ,
> Couler ses jours nonchalament
> Donne aux plus doux plaisirs ce qu'ils ont de charmant ,
> Et la Paresse enfin regne sur le beau monde.

Dans vn autre Tableau plusieurs Amours se
réjouïssent de l'arrivée du Printemps , qu'on y
voit representé par des arbres couverts de fleurs
& par vne campagne riante ; Ils se jouënt en-
semble & s'amusent à chercher par tout ces petits animaux paresseux , qui passent vne partie de
leur vie dans le sommeil , qui ne s'esveillent jamais que dans la belle saison , & qui demeurent
assoupis jusques à ce que l'Amour les vient ad-
vertir qu'il est temps de chercher leurs sembla-
bles. Ces vers sont escrits au bas.

> Dequoy vous sert , mortels , la peine & le tourment ,
> Qu'aucun soin ne vous importune ;
> S'il plaist à l'aveugle Fortune ,
> Les biens vous viendront en dormant.

De ce mefme cofté eft vn autre Tableau où aupres d'vne grande ville on apperçoit des Iardins
agreables : là paroift vne troupe de gens qui par
des marques particulieres qui les font connoiftre , reprefentent ces Savants celebres de l'An-
tiquité qu'on accufoit de mettre le fouverain
bien dans les plaifirs , quoy qu'ils creuffent qu'il
confiftaft principalement en la tranquilité &
dans le repos , auquel ils trouvoient tant de charmes , qu'ils ont bien voulu que l'oifiveté & le peu
de foin des chofes du monde , fift la felicité
eternelle de leurs Dieux ; ce qu'ils font entendre
par ces Vers,

> *Fuyez ces incertains defirs*
> *Que l'inquietude vous donne ,*
> *Suivez les tranquiles plaifirs ,*
> *Delivrez-vous de foin , n'en donnez à perfonne :*
> *Ne foyez défians , envieux , ni jaloux ;*
> *Efvitez le chagrin , la haine & la colere ;*
> *N'ayez d'autre maiftre que vous ;*
> *Coulez vos plus beaux jours fans avoir rien à faire ,*
> *Et vous vivrez auffi contens que nous.*

De l'autre cofté vous verrez la reprefentation
d'vne nuict paifible , où l'on apperçoit des gens
qui vont vers vn Autel dedié à la Pareffe. Il eft
au milieu d'vne petite grotte que le hazard & la
nature feule femblent avoir formée dans vn ro-
cher. Ils y portent en facrifice ces animaux or-

gueilleux

gueilleux, qui par leurs chants importuns trou-
blent le silence de la nuict, & qui esveillent tout
le monde au poinct du jour ; crime capital que
la Paresse ne pardonna jamais. Pour la façon de
faire les Sacrifices, on n'y fait pas grande cere-
monie, & voicy comme on en vse ordinaire-
ment,

> *Lors que le triste Coq tombe du coup mortel,*
> *Sans que personne s'inquiete,*
> *Si l'offrande est bien ou mal-faite,*
> *On se couche aupres de l'Autel.*

On entrevoit dans vn autre Tableau, des per-
sonnes qui sont assises l'vne aupres de l'autre,
qu'on à peine à descouvrir à travers les branches
de plusieurs arbres ; & au bas sont escrits ces
Vers,

> *L'Amour doit avec prudence,*
> *Se desrober aux yeux de tous,*
> *Craindre les curieux, & chercher le silence*
> *Dans ses mysteres les plus doux.*

Dans vn autre est representé le Triomphe de la
Paresse, où sont peints tous les grands Hommes
qu'elle a sceû charmer. Vous me dispenserez de
mettre icy leurs noms : car pour vous le dire
franchement, il y en a beaucoup que je ne con-
nois point, & leur nombre est si grand qu'il se-

B

roit ennuyeux de vous en entretenir. Voicy au
moins comme la Pareſſe en parle elle-meſme,

*Si je voulois nommer tous ceux que mon pouvoir*
*A ſceû ranger ſous mon Empire,*
*I'aurois trop de peine à le dire ;*
*Et ſi quelqu'vn le veut ſavoir,*
*Dans l'Hiſtoire il le pourra voir :*
*La lira qui la voudra lire.*

Au reſte, MADAME, cét aimable ſejour n'eſt
frequenté que par des perſonnes bien faites ;
toutes celles qui y arrivent ont vne aimable langueur, qui leur donne mille charmes. Elle leur
eſt tellement naturelle qu'elles ſemblent eſtre
nées laſſes : Relever leur coëffe, ou attacher vn
ruban, eſt vne grande affaire pour elles. Auſſi ne
ſont-elles pas pluſtoſt arrivées qu'elles ſe repo-
ſent nonchalamant ſur des carreaux.

*Mille petits Amours ont le ſoin d'en donner,*
*Et de cueillir des fleurs nouvelles,*
*Pour ſemer ſous les pas, & pour en couronner*
*L'aimable troupe de ces belles.*
*Pour celle qu'on revere en ces paiſibles lieux,*
*On la voit ſur vn lict negligeamment couchée,*
*Sa teſte ſur vn bras eſt à demy penchée ;*
*Vne douce langueur paroiſt dans ſes beaux yeux,*
*De ſes cheveux eſpars les ondes negligées,*
*Montrent par vn air ſi charmant,*
*Que les grandes beautez pour eſtre bien parées,*
*N'ont beſoin d'aucun ornement.*

Si je la reprefentois telle qu'elle eft dans mon cœur, tout le monde vous connoiftroit à cette peinture. Et bien qu'il n'y allaft point de voftre gloire, puifque je ne fuis pas de cés Amans heureux, que l'honneur de leur Dame oblige à cacher leur bonne fortune : Ie veux bien toutefois ne vous defcrire pas fi particulierement. Vous me tiendrez compte de cette difcretion, fi vous voulez : ce n'eft pas qu'il ne me fuft plus vtile aupres de vous de fçavoir cacher mon peu de merite, que toute autre chofe.

*Il faudroit vn fecret pour couvrir mes defauts,*
*Et je ferois heureux dans mes peines difcretes,*
*De cacher le peu que je vaux,*
*Comme je fay cacher les faveurs qu'on m'a faites.*

Cependant pour revenir à noftre Divinité, & pour vous faire connoiftre en quelque forte fon pouvoir, je n'ay qu'à vous dire qu'elle fe fert fi bien de tout l'efprit de ceux qu'elle gouverne, qu'elle ne manqua jamais de leur fournir de raifons pour tout ce qui leur eft le plus agreable & le plus commode; & que dans fa tranquilité elle eft fi femblable à la Sageffe, qu'on peut s'y tromper facilement, & dire mefme en fa faveur, que par des charmes fecrets qu'elle porte dans noftre Ame, elle nous rend bien plus heureux que cette grandeur de courage tant vantée, qui

par des efforts violents pretend nous mettre au
deſſus de l'ambition, & nous conſoler de nos
pertes.

> *Qu'enfin la charmante Pareſſe,*
> *Plus habile que la Sageſſe,*
> *Par de moins penibles moyens,*
> *Sans qu'aucun ſoin nous importune,*
> *Nous fait meſpriſer la Fortune,*
> *Et ſeule nous tient lieu de tous les autres biens.*

Pour le lieu où elle reçoit ſes hommages, c'eſt
ſur vn lict qui luy ſert d'Autel dans le fond de
ſon magnifique Temple. Elle paroiſt là bien
molement couchée. Vne petite troupe d'Amours
eſt repreſentée autour; les vns ſont eſtendus ſur
des carreaux; les autres à demy couchez font
tomber adroitement leurs compagnons, & les
tirent pour les abattre aupres d'eux. Ils taſchent
meſme de faire vne ſemblable malice à toutes les
perſonnes qui arrivent.

> *Si lors qu'on voit quelqu'vn à bas,*
> *On ne peut s'empeſcher de rire,*
> *Pourroit-on me blaſmer de dire,*
> *Puiſqu'en tout ſexe on peut faire vn faux pas,*
> *Qu'en vne moins rude infortune,*
> *Quand l'Amour veut qu'il en arrive ainſi,*
> *Il ne ſoit bien plaiſant auſſi*
> *De rire aux deſpens de quelqu'vne?*

Il faut au moins eſtre vne partie de ſa vie conché, si l'on veut obeïr à la Paresse, suivre ses conseils, & la respecter comme elle l'ordonne. La plus grande occupation qu'elle puisse permettre aux belles, c'est de badiner avec leur esventail en Esté, & avec leur manchon en Hyver. Pour les hommes sur lesquels elle regne, il faut bien aussi qu'ils soient faits à leur badinage.

*L'on a veû de tout temps que parmy les blondins,*
*Les plus heureux sont les badins;*
*Que dans les amoureux mysteres,*
*Les prudens, les discrets, font plus mal leurs affaires.*
*La Sagesse en Amour est vn bien dangereux;*
*Dans ce calme fatal se font tous les naufrages,*
*Des cœurs les plus touchez & les plus amoureux:*
*Soit dit sans offenser ces graves personnages,*
*Qu'vn respect eternel rend tousjours malheureux.*
*En Amour les plus foux sont tousjours les plus sages.*

Enfin, MADAME, badiner agreablement est vn des plus asseurez moyens de parvenir. Toutes nos Paresseuses y reüssissent si bien, qu'il n'y a rien de si charmant; leur joye remplie d'vne aimable langueur est douce, pleine de petites façons spirituelles, accompagnée incessamment de petits mots, qui leur sont tellement propres & d'vn tour si particulier, qu'on ne peut les entendre sans en estre charmé, ni les rapporter sans leur oster ce je ne say quoy, qui les rend si agreables. C'est ainsi que ceux qui veulent estre heureux, doivent badiner avec elles, & qu'ils cherchent à leur dire continuellement des cho-ses qui leur plaisent.

> *Car qui commence à divertir,*
> *A desja sceû trouver l'heureux secret de plaire,*
> *Et pour lors vn adroit & bienheureux Amant,*
> *Sans craindre les effets d'vne feinte colere,*
> *Ni sans penser qu'il s'en peut repentir,*
> *Doit hazarder, estre vn peu temeraire;*
> *Tourner tout si badinement,*
> *Qu'il puisse radoucir le cœur le plus sauvage;*
> *Se gouverner si plaisamment,*
> *Qu'en des choses de rien dans ce commencement*
> *Il puisse à badiner engager la plus sage :*
> *S'il n'a point ce talent, il ne peut estre heureux :*
> *Car pour bien badiner, il faut badiner deux;*
> *Et c'est-là le secret de tout le badinage.*

Des deux costez de l'Autel, ou du lict de nostre Divinité, on apperçoit comme deux grottes ad-mirables : l'vne est dediée au Sommeil, & l'autre à la Resverie. Au milieu de celle du Sommeil est suspenduë vne lampe de geais noir, enrichie de quantité de pierreries ; & quoy qu'elle donne peu de clarté, à travers de sa sombre lumiere, dans plusieurs grandes glaces de crystal taillées à differentes faces, l'on voit l'image des Ta-bleaux dont cette grotte est ornée. Ils paroif-sent presque tous dans chaque miroir : mais comme ils n'y paroissent pas entiers, on voit en

mefme temps. vn morceau de païfage, vne petite partie d'vn chafteau, le vifage d'vne belle,
les aifles d'vn Amour, ou les Ruines d'vn vieux
Palais. Ainfi cela ne reprefente pas mal la con-
fufion des Songes qui accompagnent d'ordinaire le Sommeil. Ce font eux qui prennent le foin
d'orner cette grotte, qui la parent & l'enrichiffent de tout ce qui leur vient en fantaifie : il
n'y a rien de beau ni de defagreable, qu'ils n'y
mettent quelquefois ; au moins ils ont cela de
bon que s'ils font de la peine aux perfonnes les
plus heureufes, ils favent confoler les plus in-
fortunées : & comme je vous ay pû dire autrefois

> *Ils charment les plus miferables,*
> *Ils favent contenter leurs plus ardents defirs ;*
> *Et par l'appas trompeur de mille faux plaifirs,*
> *Soulager des maux veritables :*
> *Ils trompent, il eft vray, mais agreablement ;*
> *Si leurs biens ne font que menfonge,*
> *N'en eft-il pas ainfi du bonheur plus charmant,*
> *Et quand il eft paffé, n'eft-il pas comme vn fonge ?*

La grotte de la Refverie eft plus regulierement
ornée : les Tableaux qui l'enrichiffent & qui la
parent, bien qu'ils foient compofez de tous les
objets qu'on fe puiffe imaginer, ne laiffent pas
d'avoir quelque liaifon & quelque fuite entre
eux. Au haut de la voute, qui eft ornée de plu-

fieurs peintures excellentes, font eſcrits ces
Vers,

> *Doux tranſports qui naiſſez des plus ardents deſirs,*
> *    Agreable entretien qu'vn parfait Amour donne,*
> *Penſers delicieux où le cœur s'abandonne,*
> *Eſpoir & ſouvenir des plus charmants plaiſirs ,*
> *L'Amour, ce Dieu puiſſant qui vous a donné l'eſtre,*
> *Auroit ſans moy peine à vous ſouſtenir ;*
> *    Et ſi c'eſt luy qui vous fait naiſtre,*
> *I'ay des charmes ſecrets pour vous entretenir.*

Au moins, MADAME, c'eſt de cette reſverie
douce & agreable que j'ay appris tout ce que je
viens de vous dire. Que ſi ma paſſion l'a entre-
tenuë ſi longtemps pour vous plaire, ſongez vn
peu que vous luy devez quelque reconnoiſſan-
ce, & qu'vn galant homme fonde bien pluſtoſt
ſon eſperance, ſur les ſentimens de ſon cœur,
que ſur les loüanges qu'on peut donner à ſon
eſprit.

> *Et ſans mentir je puis vous dire,*
> *  Qu'Amour qui cauſe mon tourment,*
> *M'a fait reſver ce que je viens d'eſcrire,*
> *Moins en faiſeur de Vers, qu'en veritable Amant.*

Ie porterois cette reſverie encore bien plus loin,
ſi je n'eſtois obligé de me rendre à la Pareſſe ma Souveraine, & vous vous ſouviendrez s'il
vous plaiſt, MADAME, de ce que j'ay dit lors

que j'ay voulu faire ſa peinture. Ie me ſacrifie
donc tout entier à elle, & pour luy plaire je finis
cét ouvrage, eſtant bien aſſeuré, que de quelque façon que j'en ſorte, la fin couronnera l'œu-
vre à ſon eſgard, puiſqu'elle finira la peine que
j'ay euë de l'eſcrire, & celle que vous avez euë
de le voir.

## F I N.

# Extrait du Privilege du Roy.

**P**AR *Grace & Privilege du Roy il eſt permis à*
EDME MARTIN *Imprimeur en cette ville
de Paris, d'imprimer ou faire imprimer, vendre & debiter, vne Piece intitulée* LE TEMPLE DE LA
PARESSE, *en tel volume, marge & charaċteres
qu'il voudra, pendant dix années, à commencer du jour
qu'elle ſera achevée d'imprimer pour la premiere fois :
Avec defenſes à tous Imprimeurs, Libraires, ou autres de
quelque qualité & condition qu'ils ſoient, d'imprimer ou
faire imprimer, vendre & debiter ladite Piece, ſi ce n'eſt
du conſentement dudit Edme Martin : meſmes d'expo-
ſer en vente les exemplaires qui pourroient avoir eſté
contrefaits, à peine de l'amende portée par ledit Privilege, & de confiſcation deſdits exemplaires. Donné à
Paris le* 19. *Mars* 1665. *Signé,* DENIS.

Regiſtré ſur le Livre de la Communauté des Imprimeurs & Marchands Libraires de cette ville, ſuivant &
conformément à l'Arreſt de la Cour de Parlement du 8.
Avril 1653. & aux charges portées par ledit Privilege, à
Paris le 21. d'Avril 1665. Signé, E. MARTIN.

*Achevé d'imprimer pour la premiere fois le* 21.
*Avril* 1665.

www.ingramcontent.com/pod-product-compliance
Lightning Source LLC
LaVergne TN
LVHW051144060726
842526LV00006B/2214